KB165348

수담手談

황금알 시인선 59
수담手談

초판인쇄일 | 2012년 10월 15일
초판발행일 | 2012년 10월 31일

지은이 | 최석균
펴낸곳 | 도서출판 황금알
펴낸이 | 金永馥
선정위원 | 마종기 · 유안진 · 이수익 · 문인수
주 간 | 김영탁
편집실장 | 조경숙
표지디자인 | 칼라박스
주 소 | 110-510 서울시 종로구 동숭동 201-14 청기와빌라2차 104호
물류센타(직송 · 반품) | 100-272 서울시 중구 필동2가 124-6 1F
전 화 | 02)2275-9171
팩 스 | 02)2275-9172
이메일 | tibet21@hanmail.net
홈페이지 | http://goldegg21.com
출판등록 | 2003년 03월 26일(제300-2003-230호)

값 8,000원

ISBN 978-89-97318-24-7-03810

*이 책은 경남문화재단의 기초문예육성지원금을 받았습니다.

수담手談

최석균 시집

황금알

| 시인의 말 |

뒤숭숭한 하늘
얼룩덜룩 땟물 자국들

빗물 한 방울이면 족할 것을
참 오래도록 문질렀다

날 흐리면 욱신거릴
자충수들

마음속 달을 띄워 놓고
구름 사이를 걷는다

차 례

1부

2부

3부

1부

매월每月

늘 다니던 길도
캄캄할 때가 있습니다
눈 크게 떠 봐도 안 보여서
비운다고 비운 것이
더 깊이 파고들 때가 있습니다
다달이 마음 벼릴수록
그대에게 가는 길 어두워지고
그길로 잊었으면 좋겠는데요
잊을 만하면 솟구치는 마음
모난 속 다 내보이고 맙니다
파도 같은 나날 세웠다 무뎠다
녹슬어 삭을 만한데
밀물처럼 달아오른 마음
담금질할수록 깊이 박히는 환한 아픔
그대 맞을까 봐
뽑아서 던지지를 못합니다

개미의 눈

이삿짐 늘고
마침맞게 비가 왔다
한 발자국이 한 세기만큼 길었다

암운 드리우듯 다가오는 그림자
혹성같이 내리찍는 발길
자주 흐름이 끊겼다

더듬더듬 한평생
쳇바퀴 속에 닳아 가는
까만 점

아버지 아들 나
잠시 가던 길 멈추면
다가올 일식日蝕 늦춰질까

연가시

모르고 사마귀를 밟았는데
툭 터진 배에서
지렁이보다 가늘고 길고 까만 것이 꾸물댔다
장난삼아 밟아도 꾸물대는 것이 신기해
막대기로 끌고 감고 놀다가 버렸다

그것이 잊힐 만하면 나타났다
옴지락거리는 눈과 입
길목을 지키고 선 모습이 장난이 아니었다
지레 피해 간다는 것이
사마귀 다리가 가리키는 쪽으로 가고 있었다
잔인한 날이 줄줄
걸어온 길만큼 가늘고 길게 따라다녔다

망각의 틈 속에 숨어든
가늘고 길고 꾸물대는 까만 이름이 있다
한때 내가 밟고 뭉갠 생물이
내 몸을 숙주로 삼아
물 있는 데로 끌고 가고 있다

* 연가시 : 가느다란 철사 모양의 동물로, 물 속의 유충이 육지로 올라와 풀에 달라붙어 있다가 사마귀, 메뚜기 등에게 먹힌 뒤 그 몸 속에서 기생한다. 성충이 되면 숙주인 곤충의 몸을 움직여 물가를 찾도록 한 뒤 빠져나와 종족을 보존한다고 한다.

빗방울 자국

갓 물에서 나온 말랑한 진흙이
매끌매끌한 몸으로 누워 있다가
떨어지는 빗방울의 무게를 받아
겹겹이 문을 닫았다 그리고
의령 땅 서동리 함안층에서 문이 열리면서
빗방울의 꽃들이 소복이 피어났다
문이 닫히고 열리는데 일억 년쯤 걸렸다

빗물 한 방울 날리는 일도
땅이 먼저 알고 몸을 연다는 것이다
순간의 충격과 소리도 빠뜨리지 않고
허공이나 땅 속 어딘가에 묻어 둔다는 것이다
그리하여 바람이 허공의 문을 열고
빛이 땅의 문을 여는 어느 때
한 점 한 점 꽃떨기로 피어난다는 것이다

언제 적 빗방울의 파문일까
꽃핀 눈동자, 천상의 목소리
말랑한 몸으로 누워 기다리면 나도

툭 튀며 파고드는 눈물 한 방울 받을 수 있을까
아롱진 자국들 차곡차곡 안고 자다가
하늘과 땅 새로 열리는 날 눈뜰 수 있을까

갓 물에서 나온 몸들 속으로
구름이 지나가고 달이 들어간다 여전히
빗물 한 방울이 일으킨 순간의 흔적을
햇빛이 말리고 바람이 눌러 꽃을 만든다
곳곳에 문이 열렸다가 닫힌다

* 빗방울 자국 : 천연기념물 제196호. 경상남도 의령읍에 있음.

하루의 감각

차에 실린 하루가 사거리 앞에 서 있다
앞뒤 좌우에서 씩씩 내달리는 차
점과 점의 교차가 만드는 회오리들이 허공을 감아 올
린다
서라 하면 서야 하고 가라 하면 가야 한다

물컥, 한 쪽으로 쏠릴 듯
덜컥, 위쪽으로 들려 올라갈 듯
좌우지간 중심을 잡고 앞뒤 눈을 뜨고
꺾어야 할 때 꺾어야 한다

날고 기는 형상 없는 괴물들이
사람을 잡았다 놨다 하는 내기를 하면서
콧김을 내뿜으며 날름날름
냄새를 맡고 간다 하루, 하루,

쉬지 않는 날개

달은 해 탓, 봄은 여름 탓
꽃씨는 바람 탓, 바람은 나비 날개 탓
훅 날아오른 여자

작아서 탓, 짧아서 탓
치는 소리, 터지는 소리, 타는 소리
탁탁 끈 풀리는 소리, 무너지는 소리
태양까지 날기로 작정한 여자

폭염에, 혹한에
이사를 가지 않는 개미 가족 잠긴다
비행에 나선 어린 벌들 뒹군다
땅에 묻어도, 날려 보내도, 죽지 않는 여자

분명 그 여자였어요, 깃털 같은 풍문
날아드는 여자, 타는 여자, 재가 되어 오르는 여자
어제는 그제 탓, 앞강물은 뒷강물 탓
흙은 나무 탓, 불은 물 탓

집 보러 다니던 날의 허공

떠돌이 거미 한 마리가 접근하자
집을 거의 다 지어가던 거미가 일을 멈추고
잽싸게 맨 가운데로 가서
딱 버티고 노려보며 집을 흔들기 시작했다
허공에서 고함소리가 떨어졌다
접근하던 거미가 물러났다가 다가오니
또 똥줄 빠지게 중심으로 달려가
온몸으로 쉭쉭 집을 굴렸다
팽팽하던 햇살과 바람이 맥없이 휘었다

쉬었다 가려고 들러본 숨찬 길목이었다
허공의 무게에 일그러진 방 한 칸
끊긴 연실처럼 내려앉고 있었다

줄을 타고 흔들지 못하는 거미는
현기증을 끌며 지평선을 넘어간다
끈적거리는 속을 실로 뽑지 못하고
노을과 어둠으로 짠 집에 홀쭉한 짐을 푼다

음모

뒤가 가렵고
뭐가 스멀거리는 날
자리 밑을 쓸다가
몇 낱의 음모를 발견했다
들여다보고 만져 볼수록
틀림없는 음모였다
쓸고 닦고 유심히 보지 않으면
그냥 지나칠 꼬불꼬불한 음모
예사로이 넘겼다간
내가 남긴 음모에 내가
당할 수 있는 증거였다

음모끼리 얼키설키
검은 얼굴 내보일 때까지
불면 날아갈 음모에
마냥 날아간 쇠털 같은 날이
뭉텅이로 딸려나올 때까지
자리 밑에는 스멀거리는
꼬불거리는 음모가 있다

쥐, 파리 잡이 본드

1
그물 엮듯 엮여 있다
포장지에 적힌 문구들

쥐는 아주 경계심이 강한 지적인 동물입니다 쥐는 구석진 곳으로 이동하는 습성이 있으므로 벽 뒤나 배수구 밑에 설치하면 효과적입니다 쥐의 발밑에 물이나 기름이 묻어 있으면 포획력이 떨어지므로 신문지 등을 깔고 그 위에다 얹어 사용하면 효과가 좋습니다 멸치 곡식 등 쥐가 좋아하는 먹이를 접착판 중앙부에 놓으면 더욱 효과적입니다 칠팔 일이 경과해도 잡히지 않을 경우 놓은 장소를 변경해 주세요
환경을 먼저 생각하는 깨끗한 제품
무독성 무공해 초강력 접착제

비환경적이고 약삭빠른 쥐를 포획하는데 유용한 정보들
파리는 덤이다

2

여름철 농가 축담이나 마루 마당
외양간 구석구석에 던져 놓는 종이 속 허방
습관처럼 붙어먹는 파리들
연쇄적으로 달라붙게 만드는 끈끈이
퐁 빠지는 순간
눈 멀쩡히 뜬 채 말라죽게 되는 인공 늪

처음엔 한지를 펼친 듯
점점 먹물을 떨어뜨린 듯
하루 이틀 지나면 먹물을 들이부은 듯
결국 쥐 죽은 듯

여백 없이 완성되는
한여름 그림 한 폭

문 여는 날

문에서 나와
또 문을 열면
안팎을 잇는 승강기
좌우 거울 가운데 서서 슬쩍
낯선 옆면 뒤틀어
거울의 문을 밀어 본다
마주한 거울끼리 복제하면서 뚫어 놓은
문 속의 문들
밋밋한 걸음 위에 얹힌
세월 하나 몸을 가로지른다
순간, 나를 닮은 내가
거울 양쪽 소실점까지 수도 없이 태어나
일제히 문이 열리기를 기다리고 있다
열리자마자 사라지는 나
닫힌 문 속에는
상하좌우를 관통하는 내가
끊임없이 복제되고 있다
허공을 떠다니는 문이 곳곳에
복제된 나를 내려놓는다

눈뜨는 폭포

칼로 벨 수 없다
방패로 막을 수 없다

뿌리의 끝이
하늘 뒤편 대해에 닿아 있다

절벽이 없으면
폭포도 없다 그러나
절벽을 만든 것이 폭포다

끝끝내 멈추지 않는 눈물이여!!
일제히 치켜뜬 눈이여!!

'쥐, 파리 잡이 본드' 뒷이야기

쉽게 드러내는 법이 없는 쥐와
몰래 숨는 법이 없는 파리를 묶어 팔아요
몰래 먹는 쥐와 쉽게 먹는 파리를 묶어 팔아요

쥐덫이나 파리채로 묶을 순 없어서
일단, 본드 처방으로 묶은 뒤 쥐를 전면에 내세웠어요
그 순간 쥐를 앞질러 파리 목숨들 날아가요

천장을 걷는 보법과 순간 이동
앞다리 뒷다리 안 가리는 놀림, 놀랍잖아요
그 놀람을 띄우고 시공을 넘어 날아가요

파리들이 붙어 파들대는 동안
수군수군 모여드는 개구리 두꺼비
쥐는 개구리 두꺼비를 먹지 않아요
본드 위에 혀를 빼물고 늘어진 작은 뱀
쥐는 뱀이 벗어 놓은 허물 근처에 오지 않아요

은신의 숲을 들락거리는 발바닥과

망각의 강을 건너는 날개를 묶어 팔아요
한집안, 쥐와 파리를 묶어 팔아요

고사리

그 후로는 손을 잡아 주지 않는 아버지와
선산 비탈에 서서 흐르는 강을 본다
고생대의 냄새가 난다
그 냄새를 꽉 쥐고 내미는
신생아의 손이 봄 햇살에 일렁인다
토실토실한 손목을 막 부러뜨리는
아버지, 그래도 무사할까요
고사리 지 끄티 세운다*고 기다리바라 또 내밀 테니

바람을 만지고 싶나 보다
하늘과 악수를 하고 싶나 보다
꺾어도 꺾어도 끝끝내 서서
손가락을 펴고 손바닥을 뻗쳐
몸 하나 열고야 마는 탯줄
심원한 샘물 같다 푸른 구름 같다
공룡의 알을 만져 봤을까
원시 인류의 언어를 기억하고 있을까
연초록 여린 가슴 내주고 내주고도
또 쑥 내미는 길고 긴 손

그 끝에서 샘솟는 물이 강으로 흐른다

가고 오는 손짓을 이으면
땅 끝 하늘 끝에 가 닿을까요
대대손손 끊기지 말라고
해마다 눈물겨운 제상祭床에
아버지, 고사리 줄기를 꺾어 올린다
세월 한 묶음을 솥에 넣고 데쳐 내면
고사리 냄새가 날 것이다

* 고사리가 제 끝을 세운다. 고사리는 아무리 꺾어도 싹을 틔우고 만다는 경상도말.

물의 회귀성回歸性

천지 물을 다 받아들이는데도
바닷물이 더 불어나지 않는 것은
받아들인 만큼 내보내는 길이 있기 때문이겠지
내보내기 위해 서두르는 몸부림이 온통 파도로 일고
뭍으로 뭍으로 무한정 달려 보는 것이겠지
그런 바다의 지극 정성이 하늘에 닿아
물안개로 구름으로 피어나는 것이겠지
회귀성回歸性의 물고기들이 그러하듯
떠나온 곳 정확히 알고 찾아가
애무하듯 스며든 곳엔 는개로
젖이 흘러든 곳엔 꽃비 단비로
날숨같이 어머니 손길같이 적셔 주는 것이겠지
숨 막히는 성분이 묻어 온 곳엔 또 그렇게
단숨에 폭풍같이 날아가
숨 쉴 틈 안 주고 퍼붓는 것이겠지
때리듯 채찍비로 성내듯 우박으로
속 뒤집는 곳엔 울렁울렁 바닥부터
한껏 솟구쳐 밀어 보는 것이겠지

흐르는 그늘

햇살이 가파르게 내리꽂히자
나무들이 서둘러 혀를 내밀어 핥는다
혓바닥 밑으로 태양의 문자 같은 그늘이
물처럼 떨어져 젖는다 점점
나무들은 자기만의 옹달샘을 파고
빛의 언어를 쓸어 담아 흔든다
태곳적 음표들 흥건한 웅덩이
물고기 한 마리 하늘의 말을 걸러 내느라
초록 아가미로 거친 숨을 몰아쉰다
물 속 깊숙한 그리움을 길어 올리면
물새 몇 마리 바다를 물어 오고
나무 아래 검은 고래들 엎드린다
창해에 가잔다 자맥질을 하잔다
하늘과 땅의 밀어가 물비늘처럼 일어난다
푸른 문장이 뭉게구름으로 피어난다
나무의 몸이 햇살을 받아 던져 놓은 자리
풀물 든 사랑의 흔적 위로
꽃물 든 노을이 손짓하며 넘어가고
기울어진 태양 앙상한 발자국 따라
앙버티던 눈발이 고문古文처럼 녹는다

모 심으러 오는 뻐꾸기

오뉴월 뻐꾸기 소리는 조는 구름 위에 떠다니다가 산과 마을을 한 바퀴 돈 뒤 논밭 갈고 물꼬 트듯 정수리를 빙빙 돌리며 들어와 창자와 핏줄을 데우고는 순식간에 무릎관절을 꺾고 발끝으로 빠져나간다 음절 음절이 번개 같다

길 위의 걸음마다 내려앉기도 하고 길바닥에 드러누워 낮잠 한숨 자고 일어나 모 심고 김매듯 뻑뻑 나무도 치고 쿡쿡 바위도 건드리고 냇물을 춤추게 하고 산을 들썩이게 하고는 하늘하늘 펄럭거리다가 적적한 구석을 들쑤신다 어절 어절이 구름 같다

해마다 그 이름 그 내음, 올가미같이 내려앉는 빛과 소리들, 비가 되고 폭포가 되고 찔레꽃이 되고 모 심는 노래가 된다

목어 소리

산사山寺 느티나무 밑
넙적바위 파인 곳에 빗물이 고였다
옴폭한 가슴 들여다볼수록 맑고 깊다
가라앉은 까만 나뭇잎을 건져 내니
가느다란 생명들 바글바글하다
몸 흔들며 아래위로 물장구치는
새끼들 꼬리와 눈만 붙어 있다
개구리로 뛰어나갈지 모기로 날아오를지
햇살 살랑살랑 눈 간질이는 칠월이다
하늘의 전언인 듯 구름과 바람
얼굴 내밀며 앉았다 가는 한낮이다
머물수록 말라 갈 물 바닥까지
햇살이 밧줄처럼 드리워진 산사
일렁이는 목어 소리를 알아듣는지
어린 생명들 힘차게 몸을 흔들고
옆 개울엔 모처럼 내린 비로
물소리 산마루 구름처럼 하얗다

홀쭉해지는 집

냄새나고 삭은 것부터 걷어 내기 시작했다
돼지우리 다음 닭장 다음
개집을 치웠다
이태 전만 해도 두어 마리는 거뜬했는데
올해 봄 송아지 한 마리 남겼다

홀쭉해진 집은
더 홀쭉해질 데를 찾다가
살갗을 파내고 머리카락을 뽑고
이를 뺐다 그리고
훌쩍훌쩍 울리기 시작했다
하나 둘 불러들여
훌쩍훌쩍 울리는 날 있다

신화神火

몽정과 함께 전깃불이 들어왔네
신난 도깨비 짓궂은 방망이
굴에서 나와 산야를 질주하네
땅거미 위에 피어나는 신화
천상의 빛 사위어 가고 지상의 발자국 지워졌네

온몸 눈부시고 짜릿했네
불쑥불쑥 솟는 불꽃 주변
도깨비들이 방망이를 휘두르고 지나가면
산란을 꿈꾸는 날파리들 그 뒤를 맴돌았네
밤낮 전신줄을 감고 돌며
딸깍 스위치를 올리면 파닥거리다가
딸깍 스위치를 내리면 넋을 놓았네

꿈속까지 화끈 타올랐네
신난 도깨비 짓궂은 방망이
전봇대 타고 과거를 질주하네
해와 달의 천연색 사랑 빗자루로 쓸며
그리운 도깨비 착한 방망이
불밤같이 미래를 질주하네

길바닥의 눈

산허리 감도는 길
나무 몸통들 누워 있다
노폭에 맞게 잘려 보폭에 맞게 쌓여 있다

주변 나무들
토막나 누운 몸통들을
그늘로 덮으며 볕뉘로 어루만진다
사람들 벌레들 숨찬 입으로
혈흔 같은 나무 냄새를 닦아 준다

흘러내리는 흙 짓누르는 시간을 떠받치며
반듯반듯 가로누운 나무 계단
그 위를 신발들이 지나다닌다

나뭇결 어디쯤 잠들어 있었을까
달 돋듯 눈뜨는 새순
눈감고 숨쉬는 몸 위를
땅땅거리며 걸었구나

길이란, 몸을 파고 깎은 것
한 번 난 길은 쉽사리 사라지지 않는 것
몸 드나드는 소리
푸른 눈들, 껌뻑이며 듣고 있다

개구리가 사는 집

일 없으면 됐다 뚝, 끊긴
길을 찾아 몸이 앞서 달려가고 있었다
모낼 준비를 하는 논 개구리 소리 따라
갈팡질팡 올챙이 같은 심사
어둠에 파묻힌 집 식어 가는 불빛을 보고 있었다
뜻밖의 기척에 풀쩍 뛰어나온 아버지
뒤꼍 텃밭으로 적막을 끌고 가고
우물거리는 어머니 입이
개구리 울음주머니처럼 어둠을 머금었다 뱉고 있었다
무릎과 허리에서 꼬물거리며 솟는 소쩍새
뒤안길 돌아 은하로 날아갈 쯤
자고 갈 거 아니면, 퍼뜩
날아와 안기는 남새 봉지
불룩 눈이 튀어나오고 뒷다리가 뻣뻣해졌다
무논의 개구리 소리 졸졸 따라오는 밤
그냥 너그나 안 아프면 된다
그냥 너그나 편히 지내면 된다
오월 개구리처럼 냉온되는 밤

2부

手談* 1

대국對局

마주한 것만도 벅찬데
손끝으로 마음 끄집어내
그대 쪽으로 건네는 일
두고두고 생각만도 떨리는데
그걸 꼭 말로 해야 아는가요?

한살림 차리고 싶어 앞가슴 파고드는
입술보다 뜨거운 손이면 어때요?
한세상 뒤집은 뒤 간을 파먹는
둔갑한 여우의 재주 넘는 손이면 어때요?

손끝으로 씻은 마음
그대 앞에 내보이는 일
창해 만리 일월처럼 출렁이는데
머뭇머뭇 부여잡는 손길
손목이면 어때요? 발목이면 어때요?

* 수담手談 : 서로 상대하여 말이 없이도 의사가 통한다는 뜻으로 바둑, 또는 바둑 두는 일을 이르는 말. 대국對局.

手談 2

착수着手*

죽으라고 돌을 던졌다
그러자
새가 날아가고
알이 떨어졌다

죽으라고 시위를 당겼다
그 후
구름이 가고
비가 왔다

아주 가고
가끔 오는 것
동그랗게 웃고 죽는
직하 직전의 눈

죽으라고
죽으라고
눈짓을 보낸 달밤
아침마다 해가 뜨고

꽃씨가 날았다

* 착수着手 : 바둑돌을 바둑판에 번갈아 한 수씩 두는 일.

手談 3

어깨바둑*

눈 쌓이는 날은 찰찰
샘솟는 물소리를 따라가자
할아버지 아버지 어깨너머
한 조각 두 조각 일군 땅을 밟으며
뽀드득 함박눈 떨어지는 소리를 듣자
어깨너머 아스라이 잠든 땅
그 속에 숨은 수많은 길을 걸어
가위바위보하는 돌 숨박질하는 돌
깜박 조는 돌 때리고 내빼는 돌
저 혼자 중얼대는 돌 저 갈 길 가는 돌
몽땅 불러모아 밤 깊도록
어깨동무를 하자 뜀박질을 하자
푹푹 눈이 내리덮는 밤은
마중물인 듯 담아 둔 조약돌을 던져
찰랑찰랑 샘물을 길어 올리자
오랫동안 오고 있는 사람아
퍼낼수록 맑은 물을 마시며
던질수록 채워지는 돌다리를 건너자

* 어깨바둑 : 어깨 너머로 배우는 바둑.

手談 4

운석運石*

뿌리내릴 터에는
뿌리가 되기로 했다
가지 뻗고 꽃피어야 할 터에는
가지가 되고 꽃이 되기로 했다
앵두 살구 분분한 꽃잎으로 날다가
그대 손길 닿는 곳엔 섬으로 뜨고
그대 눈길 뿌리는 곳엔 별로 뜨기로 했다
그대 옷자락에 스미기 위해
환한 함박눈으로 흩날리다가
맹목의 소낙비로 부서지다가
그대 손길 멀어지고 눈길 뜸해지면
속 깊이 들어박히는 사리가 되기로 했다
멀수록 찬란히 오랠수록 단단히
손톱 속 눈동자 속
태워야 드러날 내 안의
빛이 되기로 했다

* 운석運石 : 주변 돌의 배치와 흐름에 따라 움직이는 돌.

手談 5

줄바둑*

모난 땅 덮는다
둥근 마음 알을 낳듯 쑥쑥
단숨에 집 한 채 짓는다
두 번 다시 안 볼 듯 담을 쌓아도
해와 달처럼 얼굴 내민다 단순하다
금긋기하듯 땅따먹기하듯
줄줄 따라다니고 막다른 길 돌아가고
제 갈길 가는 물같이 담담하다
뚝딱 방 한 칸에 배부르다
보기보다 단단하다 오래 간다

둥근 마음 이리 깎이고 저리 깎여
모난 땅 닮아 가는 날
한나절 장난처럼 지어 놓고
둥근 각시와 세들어 살아 보고 싶은 집
깔깔깔 동그란 웃음 쏟아 내고 싶은 집

반짝이는 영혼 새처럼 날아간
돌로 지은 집 한 채

* 줄바둑 : 바둑돌을 일자一字로 늘어놓기만 하는 서투른 바둑.

手談 6

축逐*

좌든 우든
얼굴 내미는 순간
만성 두통의 땅이다

빼야 할 때 빼지 않으면
뼈를 묻어야 하는 동굴
장성長城 같은 길이다

저쯤 낭떠러지가 있으리라
옆길 막히고 손길 끊긴
진퇴양난

심장을 관통하는 획 하나
내친걸음 물샐틈없이
바다를 향해 달린다

섬처럼 떠 있는
반도여!

* 축 : 상대의 돌을 갈지자형의 단수로 계속 몰아가면서 잡는 형태.

手談 7

접바둑*

아무 조건 안 달고
연령 이력 다 내려놓았는데
기울어 있는 걸 어떡해요 그래서
돌을 깔아 평형을 맞추었지요
두 점이든 아홉 점이든 무슨 상관이겠어요

한번 봐요, 하늘과 땅
반상盤上에 떨어지는 빗물
사계四季에 지고 피는 꽃잎
어떤 물은 태극太極을 굽이쳐 강으로 흐르고요
어떤 꽃은 떨어지는 순간 무지개로 피어나요

깔아 주는 쪽이 어느 쪽인지 물어 뭣해요
한지에 먹물 배듯 판판이
돌소리 낭랑하고 나무향 물씬한데
어느 쪽이 몇 점을 까는지
뭣 때문에 깔아야 하는지 물어 뭣해요

* 접바둑 : 수가 낮은 사람이 미리 화점에 두 점 이상 놓고 두는 바둑.

手談 8

화점花點*

점에서 꽃이 핀다
하얀 꽃 검은 꽃 그 틈새에
여백의 꽃들이 눈을 뜬다
우화羽化한 날갯짓 잉잉거리며
누운 꽃들의 꿈을 펴나른다
묵인과 오판 속에서
바꿔치기와 꽃놀이패 속에서
꺾고 꺾이는 꽃의 향기들
생사를 오가는 꽃의 길들이
아찔아찔 뒤엉켜 자란다
딱히 살아도 산 게 아니고
죽어도 죽은 게 아닌 땅에서
깍지 끼듯 얽힌 이율배반의 손과 손이
저승과 이승 경계점을 넘나든다
툭 던져진 손톱만한 꽃눈이
꽃눈 속에 숨은 모래만한 씨앗이
달만큼 자라서 별처럼 사라지는 거기까지
한판, 우주의 생몰이다
재차 새판을 짜기 위해

가지런히 누워 봄을 기다리는
한 점, 한 점 낙화의 잔영이다

* 화점花點 : 바둑판에 표시된 아홉 군데의 점.

手談 9

단명국短命局*

별이 뜨는 땅
돌이 사랑을 나누는 땅
나무 몸 여는 소리
주춧돌 박는 소리 깊은 땅
날렵한 기둥, 날 듯한 처마를 꿈꾸며
하늘로 가는 징검다리 놓는 땅

단숨에 떠밀린 땅
단 한 번 긴 한숨에
무너져 내린 서까래 들보
담장 아래 돌들 뒹굴기 시작한 땅
꽃피는 뜰, 별 뜬 하늘 등지고
앞다투어 자리를 뜬 땅

주춧돌 빗물에 젖는 땅
사금파리처럼 박힌 눈빛
바람 따라 달 따라 삐걱거리는 노래
짧았던 삶의 흔적 질펀히
지나가는 걸음 빠져들게 하는 땅

* 단명국 : 비교적 적은 수를 두고 불계로 승패가 결정된 바둑.

手談 10

포석布石*

봄나들이 길 새순 돋듯
손길발길 가볍고 향내난다
걸음 따라 건네는 눈인사 눈부시다
마주친 가슴 아지랑이 피고
스치는 어깨 종달새 솟는다

숱한 행보가 그러하듯
산골 길모퉁이 집터 잡고
논밭 고랑 따라 거름과 씨를 뿌린다
너는 내 논두렁에서 쓴 냉이를 캐고
나는 네 밭두렁에서 쑥을 뜯는다

별별 사랑이 그러하듯
밝고 널따란 봄동산을 지나면
파란만장 녹음이 우거지고
잡은 손 놓치는 일 잦아진다
껴안은 채 등지는 그늘 짙어진다

* 포석布石 : 중반전의 싸움이나 집 차지에 유리하도록 초반에 돌을 벌여 놓는 일.

手談 11

흉내바둑*

당신 보폭과 높이에 맞게
정도껏 따라다녀 보는 것도 한 생
눈치껏 대칭으로 뒹굴며
당신 손짓 당신 음성
셈속까지 닮아 보는 것도 한 생

흩뿌리는 족족 뿌리내리는 두어 뼘 땅
길 따라 이랑고랑 갈고 북돋고
별의별 빛나는 수가 다 보이는 하늘
그 아래 별수 없이 담 쌓고 집 짓고

싱겁고 밋밋한 당신의 길
받아쓰기하듯 옮겨 보는 것도 한 생
한 석삼년 따라 해도 별 문제 없는
당신 발자국을 찾아내 질끈
눈감고 밟아 보는 것도 한 생

* 흉내바둑 : 상대가 두는 대로 따라 두는 바둑.

手談 12

집*

단칸방에 들어앉아
길 잃고 세월 잊고 어찌 사나
안방 마당 뒷문 다 열어 놓은 채
이웃집 건넛마을 무슨 수로 둘러보나

외딴방 두 칸쯤이면
비바람 피할 수 있으리
한 칸은 들숨으로 그대 마주하고
한 칸은 날숨으로 마실 다니며
두 눈 떴다 감았다 할 수 있으리

* 집 : 연결된 한 덩이의 말(돌)이 살기 위해서는 별도의 집 두 칸이 있어야 함.

手談 13

방내기바둑*

방내기바둑에서
열 집까지는 한 방
구십 집까지는 아홉 방, 그 이상
열 방부터는 전부 만방이라 부른다
한 방으로 지나 만방으로 지나
지는 건 매한가지지만 자칫
맛 한번 잘못 들이면
거덜나기도 하는 게 만방이다
덜컥 만방을 맞아 본 사람은
만방의 빚을 지고 다닌다
물릴 수 없는 인생
만방에 걸릴 때가 있다

피고 지는 계절이
바둑판 네 귀로 돌아나가고
날마다 딛고 온 자리가
흑백 바둑돌로 뒹굴 때가 있다
그 길바닥에서 빤한 내기 바둑을 두며
어쩌면 만방만 면하겠다고

별 꼼수를 다 두고 왔는지 모른다

고향산천 전답
모난 청춘 한 모퉁이
만방으로 날린 날이 있다
앞 냇물 빨래 소리 산모롱이 노란 지붕
만방에 날아간 날이 있다

* 방내기바둑 : 방(10집)에 따라 금품을 거는 정도를 다르게 정해 놓고 승부를 다투는 바둑.

手談 14

사석死石*

한때는 불
한때는 빛이던 사람
깜빡할 새
어리둥절한 눈동자
뚝뚝 떨군 눈물이다

좌충우돌 뛰던 돌이
바닥에 누워 꿈을 꾼다
눈뜨고 꾸는 꿈 위에
뚜껑을 덮지 마라
죽은 돌이 꿈을 꾼다
떠나온 궤도 한 결에 다시 올라
빛나는 눈으로 그대를 보리라
별똥별이 꿈을 꾼다
잠시 비워 둔 무대를 증언할
마지막 배역은 오리라

화석이 돼 버린 사람
일월같이 앉았다 간다

아슴푸레 사선을 긋는
어둠 속의 빛

* 사석死石 : 대국 중 따낸 죽은 돌. 계가를 할 때 상대편 집을 메움.

手談 15

토혈국*

사흘 만에 아버지
낯선 사람들과 함께 돌아왔다
그들이 소를 끌고 갈 때
어머니는 빨래를 하고 있었고
소죽을 끓이던 나는 끽끽
기계 돌아가는 소리를 따라 집을 나갔다

기계는 젊은 피를 먹고 돌아갔다
아버지 소장수로 나섰다는 풍문
동생들 울음이 이명처럼 들렸다
헐렁한 아버지 꿈을 꾼 날은
어김없이 기계가 고장이 났다
내가 기계를 버리고 떠나자
배고픈 기계는 동생을 불러들여
야심한 시각에 손톱을 먹었다

속수무책의 해가 지고
바둑으로 밤잠을 잊어 가던 아버지
하얀 새벽답

군불을 때고 소죽을 퍼주다가 쓰러졌다
뇌 속으로 붉은 꽃물이 번진 아버지
병실에서 소처럼 울고 있었다
손발 묶인 채 큰 눈으로 울다가
잠든 아버지 꽃밭에 안긴 듯
입에서 눈에서 양귀비 냄새를 풍겼다

* 토혈국 : 일본 막부 시대 권력의 핵심으로 바둑을 총괄하던 직책인 '기소碁所'를 둘러싸고 가문끼리 암투를 벌이곤 했는데, 그 과정에서 3일 동안의 피 말리는 대국을 벌인 기사 한 명이 결국 피를 토하고 쓰러진 사건.

手談 16

매화육궁梅花六宮*

사방 한 곳은 절벽이고
나흘에 한 번은 찬바람 분다
한 해든 한 생이든
한 번은 아찔하고 한 번은 꽁꽁 언다
한 떨기 매화로 눈을 떠 보라
피자마자 한 잎 두 잎
하얀 연서로 마주친 눈빛
유서 같은 눈송이로 날릴 때 있다
한 그루 매화로 봄을 기다려 보라
조여드는 생의 심연이 그러하듯
잔가지 잔뿌리 하나 남김 없이
꽃대궐 문을 닫고 산화할 때 있다

* 매화육궁梅花六宮 : 바둑에서 적에게 포위된 말의 빈 집 여섯 개가 매화 꽃잎 모양으로 있는 모양. 상대편이 중앙에 한 점을 놓으면 한 잎 두 잎 꽃잎 지듯 집이 줄어들며 결국 두 집을 내지 못하고 죽게 됨.

手談 17

명국名局*

해와 달이었으면 좋겠네
둥글둥글 술래잡기하듯 밤낮
닿을락 말락 어우러졌으면 좋겠네

볕바르고 그늘 맑은 산자락
반듯한 안채 바깥채 앉히고
한나절 산길 들길 휘감아 내리는
잔잔한 메아리였으면 좋겠네

검은 조약돌 하얀 조가비로 마주 몸 비비며
찰랑이는 물바람에 귀 적시며
한 점 태극무늬로 누웠으면 좋겠네
춘하추동 피었다 졌다 하는
한 폭 묵화였으면 좋겠네

* 명국名局 : 양 대국자가 멋진 수로 팽팽히 잘 어울리며 두는 뛰어난 바둑.

手談 18

공배空排*

바람 같은 꽃
돌틈에 머물다 가는
구름 같은 꽃
바짝 붙어도 피지 않고
너무 벌어져도 피지 않는
결 고운 나무향이 나는 꽃
매화 꽃잎 눈송이 녹이듯
웃다가 울고 얼다가 녹는 꽃
댓가지 바람에 서걱거리듯
숨다가 내밀고 뻗다가 휘는 꽃
몸과 몸 사이 천변만화하는 꽃
비워도 찬 듯 채워도 빈 듯
허공에 떠 묵향을 날리는
비백飛白 같은 꽃
갈수록 작아지는 몸
살그머니 밀고 들어가
그림자처럼 누이고 싶은 곳

* 공배空排 : 어느 쪽이 두어도 이익이나 손해가 없는 빈 밭. 둘 곳을 다 둔 뒤에 이 자리를 메우거나 그냥 둠.

手談 19

말바둑*

어떤 바둑 고수가 시어머니와 며느리만 사는 산 속 외딴집에서 하룻밤을 묵는데, 따로 자던 고부간이 심심하다고 말로써 바둑이나 두자며 한 점, 한 점 말을 돌처럼 놓는 소리를 듣고 깜짝 놀라 다음날 새벽같이 예를 갖춘 뒤 신수神手를 배웠다는 이야기가 전해 온다.* 그 말바둑이 실제로 가능한지 후대의 고수들에게 두어 보게 했더니, 잠자던 전설이 잠시 깨어나 잔영을 남기고 사라지듯이 가능한 쪽으로 결론을 보고는 또 잊혀졌다고 한다.

말로 두는 바둑도 바둑이지만 고부간이 심심해서 마음 주고받기를 반복하다가 삼십여 수를 둔 초반쯤 계가를 미리 해 보고 "아가, 세 집 정도 부족하구나!" "네, 어머님!" 끝까지 가지 않고 적당한 때에 내보낸 마음 거두어들인 마무리 솜씨에서 수많은 말바둑의 결론을 짚어 보는 것도 향기로운 수순 중 하나일 테지만, 문제는 판판이 계가가 되지 않는 반상盤上의 눈길과 시종 때를 놓치고 마는 쌍방의 손길에 있다.

* 중국 당나라 때의 시인이자 당 현종玄宗의 '기대조棋待詔 : 황제의 바둑 상대역을 맡는 벼슬의 일종'를 지냈던 바둑 고수 왕적신王積薪이 겪었다고 전해 오는 고사.

手談 20

귤중지락橘中之樂*

농가에 수백 년 묵은 귤나무 있었네
한 해는 별나게 큰 열매 하나 열렸네
달랑 하늘에 뜬 노란 달 같았네
자꾸 자라면 달이 될 것만 같았네

오래 전 산으로 들어간 노인 넷이 있었네
흰 수염 이 산 저 산 바둑을 두고 있었네
구경하던 나무꾼 돌아올 때를 놓치곤 했었네

큼지막한 귤열매 껍질을 벗겼네
한가득 크고 작은 방 나뉘어 있었네
방마다 알갱이들 꽉꽉 무르익어 있었네

한 알, 한 알 달곰쌉쌀한 즐거움에 취해 있었네
네 노인 뒤늦게 연기처럼 날아올랐네
백발 휘날리며 달나라로 날아올랐네

* 귤중지락橘中之樂 : 바둑을 두는 즐거움을 이르는 말. 옛날 중국의 파공巴邛에 사는 사람이 뜰의 귤나무에서 귤을 따서 쪼개어 보니, 그 속에서 늙은이들이 바둑을 두며 즐거워하고 있었다는 데서 유래함.

3부

푸른 간

고둥을 잡은 날은
고둥을 솥에 푹 삶아
원추형 껍데기를 방향대로 돌려서
속은 쏙 빼먹고 껍데기는 버렸다
우려낸 푸르스름한 국물은
짭짤하니 간을 해서 마셨다
고둥을 잡은 날 밤은
수없이 빼먹은 껍데기에서
회오리바람이 돌며 지나가고
핏속으로 푸르스름한 강물이 돌았다
오그라든 간이 펴지는 건지
독이 풀리려고 그러는지
출렁 물소리가 났다

간밤 소쩍새 울음 맴돈 언저리
고향 뒷개울에서 간간이
고둥을 잡는 고모님의 굽은 등 위로
간질 앓는 누이의 얼굴이
하얀 달처럼 넘어가곤 했다

붉은 낮달

그 사람에겐 멀거니
있어도 그만 없어도 그만인
낮 뜨거운 날 낮달입니다
그 사람 걸음 뒤 살금살금 따르다가
빤히 보는데도 몰라보는 사람
보얀 가슴에 얼굴 묻어 볼 요량에
한 생각 멈칫, 했더니 밤입니다
몰래 가려다 들킨 걸음
놀란 그 사람 달아나고
빤한 마음 다 내보이는 밤
후딱 지나가는 구름 떨어지지 않는 걸음
암만 두리번거려도 그 사람
밤 깊도록 내다보지 않습니다

산에 뜨는 밤배

검붉은 잠옷으로 갈아입는
산의 단추 사이로 몸을 밀어 넣었다
쥐방울만한 새 잎새를 닮은 새
저녁거리 겸 밤참을 해결하는지
훑듯 유영하듯 덤불 속을 일렁였다
우물우물 보금자리 찾아가는 송사리 떼 같다
소리와 길을 지우며 내려앉는 땅거미
재재재재 작은 날갯짓으로 털어 내자
산허리 감는 환한 물길이 열렸다
수백의 날개 수천의 소리 실은
밤배 한 척 떠가는 듯

일사불란 길을 안내하는
새들의 등대는 어떤 별일까
젖은 깃 별빛에 따끈히 말리며
어둠을 덮고 깃들일
새들의 항구는 어디쯤일까
코고는 소리 새어나올 것 같은
산이 내준 아랫목 한자리

뒤척이는 발들이 별무늬 이불을 걷어차다가
새벽녘엔 옹기옹기 한몸이 될 것 같은

굴밤, 꿀밤

풍작이라고 산이 웃는다
툭! 툭! 이마를 때리는 굴밤에
킥킥대는 소리 골골이 소복하다
신나는 다람쥐의 눈과 발

굴밤 한 알이
딱 떨어지는 정도가 꿀밤 같아서 굴밤인지
묵을 쳐서 먹으면 꿀맛나는 밤이라서 굴밤인지
이리저리 동행들의 말을 굴리다가 그만
팍, 무릎을 찧었다
굴밤 한 알에 넘어졌다

천년을 드리운 그늘 속
굴밤의 촉과 다람쥐의 눈이
킥킥 웃고 사라진 자리
떼굴떼굴 굴러도 닿을 수 없는
동굴 하나, 바람의 몸을 뚫고 지나갔다

신나는 눈과 발이

무장무애로 드나드는 문
묵사발을 몇 그릇이나 비워야 할까
굴밤이 자꾸 떨어진다

거미의 집

1

하늘을 치어다보다가 목이 묶였다
줄줄 뽑아 내는 실에 혼이 빠지고
갑자기 아랫도리가 잘록해졌다

처마 두 곳과 돌담에 먼저 기둥을 박듯 고정시키고 중심 잡는 기초 공사를 끝낸 뒤 스물 한두 줄 정도를 방사형으로 빙 둘러 서까래 얹듯 펼치고는 다시 한 가운뎃점에서 베를 짜듯 아주 촘촘히 에두르며 예닐곱 번을 돌아 끈적끈적 다지더니 갑자기 듬성듬성 먹잇감이 걸려들기 어려울 만치 대여섯 번 정도 돌며 대충 틀을 잡기에 어째 저럴까 했는데 그 성긴 틀에 의지해 다시 맨 바깥부터 그물처럼 메우기 시작해서 가운데까지 완성을 시키는데 한 치도 어긋남이 없었고 잠시도 머뭇거림이 없었다

숨소리도 내지 않았고
큰바람에도 꼼짝하지 않았다
신경망에 날갯짓이 감지되는 시시각각
불룩해지는 배가 달처럼 지나갔다

2

하늘로 가는 길목
여린 날개의 꿈들이 묶여 있다
하루살이도 통과하기 힘든 요새
훅— 불자
돌돌 감긴 날개들이 달랑거린다

허공의 한 땀 수繡에 걸려
밤낮 흔들리고 있는
선녀의 옷
비가 내려도 젖지 않고
빛과 소리만이 드나드는 칸칸
날개들이 빨래처럼 걸려 있다

우화를 위해
입고 벗는 나날
날갯짓을 하며 날아간다

점선

머리에 무서리 앉기 전까지는
구르는 돌에서 생멸하는 구름까지
오색실로 박음질한 듯 선명했다는 거다

그쯤부터 무명저고리 단풍이 들고
치맛자락 감돌아 내리는 등고선을 따라
벌레들이 뜯어먹는지 이빨 자국이 늘었다는 거다

새벽녘 들이마신 어스름
얼굴 손등 담묵으로 배어나는 시월
도장밥 같은 노을을 끌며 누르며
골목길 돌아나오는 지팡이 낙관

그로부터 들길 한나절이 지워졌다는 거다
바람을 만났는지 망각의 강을 건너는지 띄엄띄엄
하루치 길들이 실밥 뜯기듯 뜯겼다는 거다

빗물 주렴

쏟아 붓는 빗물을
슬레이트 지붕이 받아 구슬을 만든다
치솟는 낯선 풍경 알맞게 가리고
그 너머 감감한 소식 환히 듣도록
연달아 굴러내려 허공을 메운다
낡은 세간 주렁주렁 둘러 주며
울먹울먹 땅을 치는
빗물 주렴

억수 장대비 내리는 날이면
하늘에서 땅 끝까지 드리워
저 뒤편 흘러간 일들 말갛게 비춰 주는
빗물 주렴
어머니 얼굴 어룽거리듯
어머니 치맛자락 바람에 날리듯
지붕 없는 집을 덮어 주며
차르랑 차르랑 유리창을 연주하는
빗물 주렴

몸 날리는 고둥

얼굴을 물 표면까지 바짝 갖다 댄 뒤 멀거니 물밑바닥까지 들여다보며 고둥을 찾아서 줍고 있는데 물 속 바윗면 물살 가파른 곳곳 착 달라붙어 있던 고둥들이 슬그머니 몸을 날리기 시작했다

물방울 같은 몸통을 끌고 암벽 등반을 하는지 바람을 쐬는지 그 센 물살 거슬러 더디더디 승천을 꿈꾸던 길목, 손 뻗으면 그냥 손아귀로 들어오는 줄 알았던 고둥이 여기저기 바위를 더듬던 입을 놓고 있었다

집단 하강, 은밀한 수중 신호라도 있는 걸까 코가 물에 닿도록 허리 굽히며 흠뻑 물밑바닥을 굴러 보았지만 몸 날린 자리에 작은 돌개바람 같은 거품이 뽀글거리고 있었다 몸 날린 자리에 뽀글거리는 숨결 끝도 없이 올라오고 있었다

냄새의 습관

진원지는 안쪽이다 불시에 생겨난 냄새는 안쪽을 장악한 뒤 담을 넘는다 곧바로 바람에 올라타 양지 음지 안 가리고 변신을 거듭하다가 냄새 다 날아간 말간 얼굴로 돌아와 사라진 척 웅크린다

엄마, 할아버지 있지, 저 외양간에서 오줌 눴어, 내가 세어 봤는데 30번 셀 동안이나 눴어, 그런데 소가 있지, 긴 혀를 내밀어 오줌을 받아먹었어, 코를 벌름거리고 웃었어

어린 조카가 제 엄마를 보고 본 대로 일러바쳤다

쉬지 않고 떠돌던 아버지 안쪽 구석으로 돌아와 오줌을 눈다 슬그머니 눈뜬 냄새 참지 못하고 앞뜰 뒤뜰 돌아 담장 밖을 기웃거린다

하늘과 땅은 냄새가 태어나는 순간 재빨리 나눠먹는다 먹힌 냄새는 즉각 냄새를 잉태하여 대물림을 준비한다 독하게 살아남아 꽃피는 냄새 새들이 물고 가다가 바람 위에 부려 놓는다

농약 비빔밥

어느 해던가, 만물이 생장하는 유월 팔월에 걸쳐
꼭 내가 아침 먹는 시간, 티브이에서 줄줄이
농약 광고 문구들이 배달되어 밥상을 차렸다

알알이 일렁이는 가을 들녘을 지나가는 풍성한 여자 하나, 보릿대 모자 쓴 남자 둘 입을 맞추어, 우아! 잘 익었는걸! 토실토실한데! 논브라 덕에 쌀도 좋고 밥맛 좋고! 논브라? 도열병 예방에 '논브라'

내가 누구게? 난 암메이트야! 담배나방 파밤나방 배추좀나방 나방이란 나방은 나한테 걸리면 끝장이지! 나방 전문약 '암메이트'

작물 깊숙이 침투해 병원균을 파괴합니다! 작물 표면에서도 병원균을 차단합니다! 사과 고추 탄저병에 '벨리스플러스'

깨끗한 배의 꿈 깨끗한 단감의 꿈 깨끗한 고추의 꿈! 탄저병에 '카브리오에이'

역병 노균병 방제약 '미리카트' 살충제 '모스피란' 제초제 '주먹탄'

밥상을 받고 중얼중얼 버무리다가 꿀꺽꿀꺽 삼키고 말았다
같이 살자 붙드는 생명 다 뿌리치고 아주 멀리서
숨 막히는 유혹과 충동과 협박의 길을 뚫고서
나 하나 보고 달려온 모진 얼굴들
하루아침에 그만 불귀의 길로 보내고 말았다
토실토실한 밥알을 깔고 싱싱한 채소를 덮고 건실한 고추양념으로 비빈 밥상
달그락 달그락 소리가 설거지통에 쌓여 갔다

오르는 물

하늘로 올라가다 죽죽 떨어져
돌을 만지며 말똥말똥 앉아 있다
흙으로 얼굴을 칠하고 연이어
풀잎 잡고 오르려다 미끄러져 앙앙댄다
개미는 데리고 놀고 거미는 살짝 만져 보고
나뭇잎 타면서 헤까닥 뒤집힌다
절벽 위로 기어오르다 떨어져
얼얼하니 멍든 얼굴 풋잠 든다
하품하며 깨어 무섭다고 울고
돌아가고 싶다고 구르고 떼쓰고
소리치고 비틀대고 주름살지다가
나지막이 엎드려 긴긴 잠에 빠진다
꿈속의 길로 솔솔 날아가
나뭇잎까지 갔다 구름까지 갔다
확확 타올랐다 꽁꽁 얼었다
내려올까 참아 볼까 망설인다

장작더미

가지런한 길이로 잘려
이등분 사등분 쪼개진 몸들
뒤곁 담벼락에 쌓여 있다
어느 골짜기 주름살을 감았나
어느 등성이 나이테를 안았나

옹이진 속
팅팅 튕긴 가슴일수록 상처가 많다
하얀 생살 결결이
뒤틀린 허리일수록 눈물 끈적거린다

말라붙은 눈물 속의 눈빛일까
누를수록 뿜어 내는 불씨의 화염일까
담벼락 안쪽이 따뜻하다
몸 포개고 뒤척이는 잠결
굴뚝 너머 하늘 환하게 열린다

입

부엌 아궁이는
쑤셔 넣어도 넣어도
그 깊이가 한정이 없어서
넣은 만큼 채워 놓지 않으면
금세 바닥을 보인다

나비야*

나비야 부르면 나비처럼 가볍게
고양이 한 마리가 나타났다
잔뜩 어둠을 흡입하여 동그래진 허리를
활시위처럼 당긴 뒤
퉁 튕기듯 날아와 앉았다
활촉 같은 발톱을 접고
피 묻은 입술을 핥던 혀를 감추고
사뿐히 다가와 안겼다
폴짝폴짝 날뛰던 생쥐들이 사라졌다
바람소리 돌아나가는 귀로
숨어서 숨죽이는 소리 들리고
이글거리는 태양 같은 눈에
구멍구멍 꼬리 감춘 얼굴이 비쳤다

나비야 부르면 날아와
범처럼 대낮을 어슬렁거리다가
쭉 한 번 웅크렸다 펴고는
어둠 속으로 사라지는 나비야

* 나비야 : 고양이를 부르는 소리의 하나.

수세미

뿌연 은핫물 머금어
늙은 어머니 젖가슴처럼 늘어졌다

바람결 따라 서걱거리는 껍질 속
삼실 얽히듯 엉킨 촘촘한 섬유
어머니 억센 품같이 까만 씨앗들 싸안았다

물에 담가 놓고 매만지니
말랑말랑 실타래 뭉치가 된다
어머니 품에서 점점 멀어져 온
새카만 세월의 땟자국 올마다 묻어난다

눈만 붙은 자식들 여물 때까지
얽히고설키지 못할 일이 뭐 있으며
닦지 못할 묵은 때가 어디 있느냐는 듯
질긴 속 말리고 있다

바닥 보인 연못 같은 가슴
실낱같이 헝클어진 그리움

옷 벗는 일

동네 어귀 밭때기
속 찬 배추 한두 포기
서리를 뒤집어쓰고 있다
허리를 지탱하던 지푸라기 끊어지고
머리부터 말라 바스러지고 있다

외투 같던 한 잎 찢겨나가고
내복 같던 한 잎 부르트고

한풍에 언 속살
볕살을 온수처럼 받아
빠지는 머리 보글보글 감고 있다
뼛골, 바닥, 보일 때까지
바람이, 햇살이, 하자는 대로
소일삼아 몸을 녹이고 있다

퉁점*

마을 이름 따라 걸으면
천 년 전 길이 깨어나고
고개 이름 건너뛰면
만 년을 잠자던 물이 흐른다

배너미 골짜기로
배 넘던 물길이 열리며
느르재 너머 늘어져 있던
임맞이 고갯길이 구불구불 일어난다
만 년 전엔 바닷가였을, 어쩌면
배 매던 강나루였을 산비탈
그 아래 광맥이 잡히고
동광銅鑛을 찾아든 사람들
맺고 쌓은 정분 마을을 이뤘으리라
구리점[銅店] 터 잡고 천 년
부두가 있었다던 부딧골로
물이 샘솟아 못을 이뤘다던 모산재로
어쩌면, 배 들고 놋쇠 나가고
놋그릇에 밥 담던 길 열렸으리라

물 넘어간 무넹기재 너머
한 천 년이 또 넘어가고, 문득
남실대는 길 위에 떠 있는
나뭇잎 같은 마을 실낱 같은 고개

사람들 물처럼 왔다 갔을 퉁점
사방팔방 골이름 재이름 따라가면
천년만년 잠자던 물길이 살아나고
봉우리는 섬이 되어 둥둥 떠다닌다

* 퉁점 : 경남 합천군 가회면 중촌리에 있는 마을. 구리점[銅店]이 있었다고 함. 일제 때 동곡銅谷으로 개칭. '퉁'은 구리, 놋쇠를 일컫는 순우리말.

뜬꿈

새들도
소유할 수 없는
저 허공에
금을 긋고 칸을 치다니
바람과 빛을 가두어
물길을 열고
땅을 일궈 씨를 뿌리고 아아
꿈의 높이를
저만치에서 멈추게 하다니

바퀴

하늘과 땅 사이
숨 막히는 완충
터질 듯 꺼질 듯 아름다운 균형
납작 엎드린 것만으로 거뜬히
한 세계 떠받들고 있다
구르지 않아도 바퀴는 바퀴다

좁다란 들길 골목길
닳고 삭은 바퀴들 굴러다닌다
주저앉을 수 없는 논두렁 밭두렁
가쁜 숨소리 들린다 아파트까지
계단 타고 층층 올라온다 매일

구르지 않아도 바퀴는 바퀴다
구르지 않아도 바퀴는
산 넘어 무지개를 띄운다

자정에 끝나는 이야기

미처 그 생각은 못 했는데 이번 할아버지 기일
고모님은 또 보따리를 들고 조카들 앞으로 다가앉아
고모님의 동생인 아버지와 작은아버지를 바라봤다

어딜 가나 이고 다니는 보따리
끈 풀자마자 푸른 밀밭 보리밭
우물, 빨래터, 주막, 방앗간이 딸려 나오고
조선낫, 왜낫, 부지깽이, 절굿공이, 놋그릇, 요강이 뒹굴었다
나뭇짐, 연못, 당산나무, 구렁이 독, 여우 꼬리 할 것 없이
작년 재작년 그때 물건보다 때깔과 향이 진했다

바윗골 어디 무리지어 살 거라 했다
민둥산 골짜기를 하얗게 덮을 거라 했다
밤중에 만난 도깨비 새벽녘에 따 온 송이버섯
밀밭을 기고 여우 꼬리를 잡고 놀던 눈들이
불쑥 들이민 물건에 다시 눈독을 들이기 시작했다
아무도 사가지 않는 보릿고개 위엔 덤으로

자정 넘은 별들과 소쩍새 소리가 쏟아졌다
줄어들 줄 모르는 한가득 보따리
할아버지 문 열고 들어와 떨이해 주고서야
바닥으로 폭삭 무너져 내렸다

글을 몰라 말씀이 예뻤고
홀몸으로 넘긴 세월이 예뻤다
솥뚜껑 깨고 쫓겨난 건넛집 며느리로
시모 닭달을 묻어 두는 가슴이 예뻤다

하나 둘 빈자리 느는 것이 고모님은 안타까워
이번 기일에도 옛날로 가고 있는 것이다
그 생각은 미처 못 했는데 할아버지 할머니를 심심치 않게 하려고 고모님은
했던 이야기 하고 또 하고 고모님의 동생들은 거들고 또 거들고 하는 것이다

땅, 늘 거기

구붓하고 비뚤한 걸음 건네 주느라
매끈한 살색 빛이 난다
마르고 구멍난 가슴 안아 주느라
물렁한 맨살 향기가 난다
비추면 거울이 되고 앉으면 의자가 되는
먼 곳의 빛, 먼 후일의 향기여
잘리고 깨진 부스러기들 별처럼 품고
반짝반짝 다지는 바닥 위에
이 강산, 산이 솟고 강이 흐른다
모래알 같은 불임의 씨앗들 거두어
몽땅 꽃피우는 아랫목이 있어
저 하늘, 해가 뜨고 봄이 온다
바람과 물의 말씀 놓치지 않고
빛과 그림자의 문장 버리지 않고
꼬박꼬박 받아 적는 이 강산 편지지여
활짝 연 가슴, 납작 엎드린 등
어두울수록 환하고 젖을수록 단단한
받아 주는 일이 몸에 밴 바닥이 있다
누우면 풀밭이 되고 뛰면 운동장이 되는
늘 거기, 무진장 뻗어 가는 길목이 있다

■ 해설

실존과 서정 사이를 가로지르는 생에의 감각

김 석 준(문학평론가)

서정은 실존에 관한 감성의 체계이다. 실존 앞에 늘 '이것이냐? 저것이냐?' 선택의 길이 놓인다. 우리는 그저 던져졌고 세계와 마주선 채 늘 부딪히고 갈등하다가 마침내 화해하는 그렇고 그런 존재에 지나지 않다. 표정이 읽히고 태도가 표명된다. 서정은 세계와 맞닥뜨린 존재의 감각이다. "한 생"(「手談 11 흉내바둑」 중)의 애잔한 잔영이 눈앞에 선명하게 부조되고 또 다른 "우주의 생몰"(「手談 8 화점花點」 중)이 직관된다. 서정이 존재론적인 까닭은 "삶의 흔적"(「手談 9 단명국短命局」 중)들을 반추하고 회고하기 때문이다. "날숨" 같은 "어머니 손길"(「물의 회귀성回歸性」 중) 속에 새겨진 운명의 행마법을 내밀하게 바라보면서, 시인 최석균은 생의 감각을 일깨워 존재의 위치를 정위시키고 있다 하겠다.

이를테면 금번 상재한 『수담手談』은 자신에게 속한 현실 공간을 여여如如한 리듬으로 노래하고 있는데, 그것은 바로 서정의 여율呂律로 연탄하는 실존의 노래이다. 때론 하루라는 지극히 평범한 일상 속에 내파된 생활의 감각을 체득하면서 때론 "하늘과 땅의 밀어" 속에 발화된 "빛의 언어"와 "푸른 문장"(「흐르는 그늘」 중)을 예인하면서, 시인 최석균은 당면한 실존의 의미를 시말 속에 응고시키고 있다. 아름다운 생명의 노래가 여여하게 흐르고 그것의 뒷면에 실존의 참담한 단상들이 저며져 있다. 생에의 감각은, 실존의 당면한 과제는 늘 그렇듯이 이율배반적이다 못해 비극적 운명의 형식으로 귀결하는 경우가 비일비재하다.

물론 『수담手談』에 내파된 언어의 결 자체가 따스한 감정의 전언으로 짜여진 것만은 분명하지만, 시말은 항상 상호 이질적인 이중주로 연주되는 시간의 선율이다. 운명이 부조되고 생이 성찰된다. 시말의 한 현이 "멈추지 않는 눈물"(「눈뜨는 폭포」 중)의 비가라면, 그것의 다른 음계는 "천상의 빛"(「신화神火」 중)으로 휘어진 영롱한 사랑의 노래이다. 서정이 아름답고 숭고한 이유는 슈베르트와 멘델스존 사이를 자유자재로 넘나드는 감정의 유로들로 삶—시간—세계를 증명하는 까닭에 그러하다. 죽음을 맞이하는 소녀의 아련한 모습이 추상되고, 또 감성의 유미적 승화가 이루어진다. 상호 대극의 지점을 서정의 감성이 가로지르고 첨예한 존재의 음률이 여여로운 여율로 흘러넘친다. 최석균 시인의 시가 의미 있는 것은 "물릴 수 없는 인생"(「手談 13 방내기바둑」 중)에 관한 단상들을 다층적으로 비유하면서 실존에 관한 생에의 감각을 시말 속에 응고시켰기 때문이다.

> 내가 남긴 음모에 내가
> 당할 수 있는 증거였다
>
> —「음모」 부분

> 간밤 소쩍새 울음 맴돈 언저리
> 고향 뒷개울에서 간간이
> 고둥을 잡는 고모님의 굽은 등 위로
> 간질 앓는 누이의 얼굴이
> 하얀 달처럼 넘어가곤 했다
>
> —「푸른 간」 부분

> 언제 적 빗방울의 파문일까
> 꽃핀 눈동자, 천상의 목소리
> 말랑한 몸으로 누워 기다리면 나도
> 툭 튀며 파고드는 눈물 한 방울 받을 수 있을까
> 아롱진 자국들 차곡차곡 안고 자다가
> 하늘과 땅 새로 열리는 날 눈뜰 수 있을까
>
> —「빗방울 자국」 부분

서정은 마음과 마음이 말 속에 모두어지는 인간학이다. 서정은 실존이 마주한 세계의 표정이다. 상호 조응이 이루어지고 존재의 미세한 존재의 떨림이 포착된다. 예기치 못한 음모가 횡횡하기도 하고 미처 발화시키지 못한 사랑의 비음이 도발되기도 한다. “음모”는 陰謀이고 陰毛이다. 서로 뒤엉킨다. “뒤가 가렵고” 상호 이질적인 감정이 뒤엉킨다. 서정의 감성은 늘 안온하고 따스한 그 무엇만을 표상하지 않는다. 서정은 주름이자 펼침이다. 서정이 안으로 휘어지면 켜켜이 쌓인 존재론적 원망怨望을 다양한 시선으로 성찰하고, 그것이 바깥으로 펼쳐지면 세계를 포월하는 정신성으로 고양된다. 마치 인간학적 사태가 늘 이중의 힘 작용에 의해 스스로를 “증명”하는 것처럼, 우리는 陰謀와 陰毛 사이를 “얼키설키” 서로 뒤엉킨 채 한 생을 살아가게 된다. 때론 “허공의 무게”(「집 보러 다니던 날의 허공」 중)로 존재 그 자체를 응결시키면서 때론 “세월 한 묶음”(「고사리」 중)의 깊이를 성찰하면서, 시인 최석균의 『수담手談』은 서정의 씨줄과 날줄을 직조해 가고 있다.

회감이 이루어지고 아련한 옛 추억이 떠오른다. 생이, 실존에 관한 존재의 감각이 의식의 지속으로 인지되는 한, 우리 모두는 시간의 단층면에 기입된 지난한 삶의 초상들을 떠올리게 된다. “간질을 앓는 누이의 얼굴”이 문득 떠오른다. 가난했고 애절했으며, “망각의 강”(「점선」 중)에 켜켜이 쌓여 있던 합천의 어디쯤이 뇌리를 스쳐 지난다. 사랑이 흐르고 따스한 인간애가 촉지된다. 시인에게 서정은 실존이 거주했던 시간의 자리를 가슴의 전언으로 끌어올리는 언어의 심연인데, 그것이 바로 금번 상재한 『수담手談』의 시적 정체라 하겠다. “출렁 물소리”가

심혼을 일깨우고 실존의 자리에 여율이 흘러넘쳐난다. 서정은 '여여'이자 "언저리"다. 때론 "망각의 틈"에 은폐된 "잔인한 날"(「연가시」 중)들을 회고 반성하면서, 때론 "고등을 잡는 날"의 아련한 추억을 떠올리면서, 시인은 서정적 회감에 젖어든고 있다.

서정은 "순간의 흔적"들에 관한 기억의 단상이다. 시간이 흐른다. "천상의 목소리"가 들리고, "허공의 문"이 열린다. 시간이 "차곡차곡" 쌓여 퇴적되고 "아롱진" "눈물" 자국이 화석처럼 "빗방울 자국"을 남긴다. 이를테면 서정은 인간학이 미처 발화시키지 못한 잔여들의 감성의 체계인데, 그것은 일종의 인륜성으로 휘어진 삶의 다양한 문양들이라 하겠다. "하늘과 땅이 새로 열리"고 또 새로운 운명의 형식이 시간 속에 투시된다. 설령 시인에게 허여된 삶—시간—세계가 결코 안온한 그 무엇을 표상하지 않을지라도, 서정은 여율이라는 존재론적 바탕 위에 피어오르는 실존의 몸짓이다. 서정은 여여하고 관대하다가 이내 존재의 물굽이를 격랑시켜 심혼에 안주름을 만들게 되는데, 그것은 빗방울의 파문이 만든 삶의 내밀한 밀도에 다름 아니다. 실존 위를 자유롭게 떠다니는 서정은 늘 이중성 위에서 스스로를 증명하는 일종의 마물이다. 마음이 여여하게 펴지고 또 외물에 굴절되어 접힌다. 눈물이 흐르고 환한 미소가 떠오른다.

여백 없이 완성되는
한여름 그림 한 폭

— 「쥐, 파리 잡이 본드」 부분

바람을 만지고 싶나 보다
하늘과 악수를 하고 싶나 보다
꺾어도 꺾어도 끝끝내 서서
손가락을 펴고 손바닥을 뻗쳐
몸 하나 열고야 마는 탯줄
심원한 샘물 같다 푸른 구름 같다

— 「고사리」 부분

서정이 펼쳐낼 수 있는 시말의 "길이란, 몸을 파고 깎는"(「길바닥의 눈」 중) 실존의 고통 위에서 피어오르는 아름답고 숭고한 인륜적 몽상이다. 생이 이율배반이듯이, 서정이라는 영혼의 심급도 늘 상호 이질적인 감정의 체계를 질주하는 모순의 운동이다. 생의 한편이 죽음으로 휘어진다면, 그것의 또 다른 한 측면은 너무도 극렬한 삶에의 강렬한 충동을 일렁이게 만든다. 최석균 시인의 『수담手談』이 소중한 것은 실존의 벡터 값을 이중화된 시선 위에서 시말을 부조시키기 때문이다. 인간에게 "유용한 정보"가 다른 생명체에게 "그물"이고 "허방"이듯이, 우리는 상호 다른 음조 위에서 실존의 애잔한 흔적들을 반추하게 된다. 때론 "수많은 길"(「手談 3 어깨바둑」 중) 위의 생

령들에게 안부의 "눈인사"(「手談 10 포석布石 중」)를 전하면서, 때론 "조여드는 생의 심연"(「手談 16 매화육궁梅花六宮」중)을 반추하면서, 시인 최석균은 존재의 "여백"을 촘촘하게 메워 가고 있다. 생의 "그림 한 폭"이 촘촘하게 채워지고 완성된다. 서정은 실존이 그려 내는 생명의 원결적인 국면이자, 생이 처한 다양한 감성의 유로이다.

시간이 흐른다. 존재에 관한 감각이 무디어지고 그때야 비로소 존재의 의미에 관한 탐색이 시작된다. 시인에게 서정은 "꺾어도 꺾어도" 꺾이지 않는 생에의 의지인데, 그것은 하늘로 향하는 상승에의 의지이거나 실존이 마주한 인간학적 귀결이다. 생이 반복된다. "탯줄"을 타고 시간이 흐른다. "고생대"라는 시원의 시간이 "냄새"를 타고 흐르고, 또 "바람"의 숨결 속에 "대대손손"의 계보학적 흐름이 유유히 흘러내린다. 어쩌면 시인 최석균이 『수담手談』에 내파시켰던 시말 운동은 반복으로 점철된 인간학적 운명에 관한 담론적 사유인지도 모른다. "어둠 속의 빛"(「手談 14 사석死石 중」)으로 "세월 한 묶음"이 사라진 후 또 다른 생에의 형식이 삶—시간—세계를 대리 보충하듯이, 우리는 미망의 덫으로 사라지는 그저 무기력한 실존의 단편에 지나지 않는다. 애초부터 "산 너머 무지개"(「바퀴」 중)는 존재하지 않는다. 서정은 비가다. 서정은 생에의 "뒤안길"(「개구리가 사는 집」 중)로 사라지는 연민의 시선이기도 한데, 그것은 소멸을 승인하는 처절한 운명에 다름 아니다.

이삿짐 늘고
마침맞게 비가 왔다
한 발자국이 한 세기만큼 길었다

암운 드리우듯 다가오는 그림자
혹성같이 내리찍는 발길
자주 흐름이 끊겼다

더듬더듬 한평생
쳇바퀴 속에 닳아 가는
까만 점

아버지 아들 나
잠시 가던 길 멈추면
다가올 일식日蝕 늦춰질까

―「개미의 눈」 전문

도대체 우리는 알싸하다 못해 차라리 비극적이라고 간주되는 시간의 선상을 그토록 분주하게 헤매는가? "아버지 꽃밭"(「手談 15 토혈국」 중)이 "불귀의 길"(「농약 비빔밥」 중)로 접어들고 또 생 전체가 "늙은 어머니 젖가슴"(「수세미」 중)으로 폭삭 주저앉게 되는 순간에도 우리는 안온한 비음을 도발하는 실존으로 존재할 수 있는가? "꿈의 높이"(「뜬꿈」 중)가 점점 작아진다. 애가가 울려 퍼진다. 더

이상 영육의 울림은 안온하게 울려 퍼지지 않고, 그저 시간의 흐름만이 촉지된다. "아버지 아들 나" 사이 인륜적 서정이 매개되고 시간이 단속적으로 흐른다. "암운"이 드리우고 반복이라는 불가항력인 시간의 운동이 인간학을 옥죈다. 다박다박 시간이 흐른다.

어쩌면 시간 앞에 실존은 실존하지 않는지도 모른다. 아니, 인간학적 사태들을 총체적으로 응결시키는 실존이 시간을 전유한 순간, 시간도 사라지고 존재도 사라진다. 그저 남는 것이라고는 흔적뿐이다. "더듬더듬 한평생"이라는 시간이 소진되고 또 우리는 영원한 무를 향해 내달린다. 시 「개미의 눈」은 『수담手談』 전체를 통어하는 시인의 시정신이 고스란히 노정된 수작인데, 그것은 서정의 여율 위에 펼쳐지는 존재론적 운명에 관한 일종의 보고서에 다름 아니다.

시인에게 실존은 "쳇바퀴" 속에서 소멸 소거되는 "빛과 소리"(「모 심으러 오는 뻐꾸기」 중)들의 애절한 운동이거나 어두운 "그림자"에 휩싸인 불길한 운동이다. "일식日蝕"처럼 야금야금 시간을 먹어들어가 존재 전체를 무의 공간에 위치시키게 된다. 물론 시인이 전개한 일련의 시말 운동이 서정이라는 심급 위에 전개되는 포월의 정신성을 함의하고 있기는 하지만, 기실 따지고 보면 여율의 넉넉한 공간 전체는 오욕칠정이 발로하는 지극히 인간화된 공간임에 틀림없다. "아버지"의 숙명적 삶이 선명하게 부조되고, 또 미처 발설하지 못한 "아들"의 미래가 투명하게 투시된다.

마주한 것만도 벅찬데
손끝으로 마음 끄집어내
그대 쪽으로 건네는 일

—「手談 1 대국對局」 부분

반짝이는 영혼 새처럼 날아간
돌로 지은 집 한 채

—「手談 5 줄바둑」 부분

좌든 우든
얼굴 내미는 순간
만성 두통의 땅이다

—「手談 6 축逐」 부분

생사를 오가는 꽃의 길들이
아찔아찔 뒤엉켜 자란다
죽어도 죽은 게 아닌 땅에서
깍지 끼듯 얽힌 이율배반의 손과 손이
저승과 이승 경계점을 넘나든다

—「手談 8 화점花點」 부분

서정은 "노을과 어둠으로 짠" 존재의 "집"(「집 보러 다니던 날의 허공」 중)이다. 이중주가 아르페지오로 현 위에

인생을 노래하고 상호 이질적인 몽상이 너와 나 사이를 가로지른다. "수담手談"이다. 너의 삶은 나의 죽음이고, 나의 번영은 너의 괴로움이다. 이율배반이 "손끝"에서 손끝으로 전이되고, 상호 다른 욕망의 체계가 발로하게 된다. 희비쌍곡선이 그어진다. 너의 감성에 나의 감성이 화답하지 못하고 나는 너로 인해 삶—시간—세계 전체를 굴절시키게 된다. 이를테면 최석균 시인이 「手談」 연작에 응결시킨 시말 운동은 반상 앞에 마주한 두 운명에 관한 보고서인데, 그것은 바로 실존의 다양한 "행보"(「手談 10 포석布石 중」)에 관한 원근법적 시선이라 하겠다. 때론 한 치 앞에서 펼쳐지는 욕망의 세계에 자신의 자아를 고착시키면서, 때론 "빛과 그림자의 문장"(「땅, 늘 거기」 중) 속에 내파된 인간학적 운명의 행보를 예각화된 시선으로 응시하면서, 시인은 실존의 의미를 따스한 서정의 눈으로 참구하고 있다.

흑백의 돌이 교환되고 비로소 우주 경영이 시작된다. 침묵이 흐른다. "마음"과 마음이 소리없이 건네지고 인간학적 진법이 설계된다. 빈 여백 위를 질주하는 돌의 행보는 생이 변주되는 변곡점이자 "한세상"을 경영하는 삶의 태도이다. 어쩌면 시인에게 수담으로 명명된 바둑은 인간학이 펼쳐지는 소우주의 다른 이름인지도 모른다. 세세한 사연들이 "손끝"에 전이되고 타자의 마음이 촉지된다. 때론 천변만화경 같은 변화의 소용돌이에 휘말려 죽음의 공간을 배회하다가, 때론 안온한 공간의 몽상 속에 빠져들기도 하면서, 시인 최석균은 여백의 공간 속에 기입된 존재의 문양을 시말 속에 응고시키고 있다.

말하자면 「手談」 연작은 실존에 대한 감각을 다양한 바둑의 양태로 비유하고 있는데, 그것은 바로 인간이 일상적 삶에서 겪게 되는 생활에 대한 감각에 다름 아니다. 생이 선명하게 부조되고 미지의 힘에 의해 죽음으로 내몰리기도 한다. 어쩌면 산다는 것은 "이율배반"으로 내달리는 외통수이거나 "낭떠러지"에 이르는 처절한 운명인지도 모른다. 상승하고자 하는 열망으로 "우화羽化"를 꿈꾸었으나 모든 것은 "낙화의 잔영"으로 휘어져 마침내 "진퇴양난"의 길에 당도하게 된다. 실존의 길은 한 치 앞을 내다볼 수 없는 미궁의 길이다. 실존은 갈래길 사이에서 "머뭇머뭇" 이러지도 저러지도 못하고 방황하는 경우가 비일비재한데, 그것이 바로 존재가 처한 인간학적인 길이다. 나는 내가 왜 하필 이 순간 여기에 존재하는지 모를 뿐만 아니라, 삶이 어디로 휘어지는지 모른다.

비록 시인에게 실존이란 서정의 존재론적 감각이 비등하는 인륜성을 함의하고 있기는 하지만, 기실 「手談」 연작에 내파된 시의 진실은 생이 처한 아포리아라는 사실을 직감하게 된다. 시의 공간 내부를 서정이 움터나는 여울로 노래하건, "반짝이는 영혼"에 관한 "둥근 마음"으로 순치시키건 상관없이, 시말이 가 닿는 지점은 거대한 "우주의 생몰"에 관한 담론적 사유로 귀결하게 된다. 생의 씨줄이 굴종의 "묵인"이라면, 그것의 날줄은 늘 잘못으로 점철된 "오판"의 연속이다. 마치 인간학이 "저승과 이승의 경계점" 사이에서 스스로를 증명하는 것처럼, 시인의 시살이 전체는 실존의 "틈새"에서 삐져나오는 존재의 음영을 투시하고 있다 하겠다.

단칸방에 들어앉아
길 잃고 세월 잊고 어찌 사나
안방 마당 뒷문 다 열어 놓은 채
이웃집 건넛마을 무슨 수로 둘러보나

외딴방 두 칸쯤이면
비바람 피할 수 있으리
한 칸은 들숨으로 그대 마주하고
한 칸은 날숨으로 마실 다니며
두 눈 떴다 감았다 할 수 있으리

—「手談 12 집」 전문

서정은 존재의 집이고, 성찰의 집인 동시에 시의 집이기도 하다. 까닭은 인간학 전체가 존재론적인 몸짓들로 짜여져 있기 때문이다. 시인 최석균에게 서정은 실존이 향유하는 심혼의 존재론적 징후이다. 삶이 영위되고 안온한 공간에 몽상이 실현된다. 실존이 "들숨"과 "날숨" 사이에 빚어지는 존재의 다양한 작용인 한, 우리는 언제나 새로운 세계를 향하여 모험을 하게 된다. 때론 아무도 찾아오지 않는 미지의 공간에서 "길"을 "잃고" 헤매기도 하면서, 때론 폭풍우 몰아치는 빈 들판에서 방황하기도 하면서, 시인은 "집"에 관한 공간적 지평을 시말 속에 응결시키고 있다.

집의 이편이 인륜적 삶이 가능한 안온한 우주축이라면, 그것의 저편은 황량하기 그지없는 고난의 공간이다. 시인에게 집은 여율이 넘쳐나고 모든 인간학적인 길이 귀결하는 신성한 공간이기도 하다. 누추한 누항이면 어떻고 또 빈한한 초가삼간이면 어떤가. "비바람" 피할 "단칸방" 하나면 족하고 또 안빈낙도할 "외딴방 두 칸"이면 행복하지 아니한가. 어쩌면 인간에게 집이라는 공간은 생의 입구이자 출구인지도 모른다. 왜냐하면 수담이 벌어지는 반상의 공간은 생과 사의 변증법이 이루어지는 인륜적 공간에 다름 아니기 때문이다. 설령 시인의 그것이 여백의 공간 위에서 벌어지는 다양한 생의 행마법을 시말 속에 응고시키기는 했지만, 「手談」 연작의 시적 진실은 실존에 관한 포월의 정신성을 서정의 감성으로 육화시킨 것이라 하겠다.

> 마을 이름 따라 걸으면
> 천 년 전 길이 깨어나고
> 고개 이름 건너뛰면
> 만 년을 잠자던 물이 흐른다
>
> –「통점」 부분

하늘로 가는 길목
여린 날개의 꿈들이 묶여 있다

…(중략)…

우하를 위해
입고 벗는 나날
날갯짓을 하며 날아간다

–「거미의 집」 부분

말라붙은 눈물 속의 눈빛일까
누를수록 뿜어 내는 불씨의 화염일까
담벼락 안쪽이 따뜻하다
몸 포개고 뒤척이는 잠결
굴뚝 너머 하늘 환하게 열린다

–「장작더미」 부분

실존이 본질에 앞서는 것은 분명하지만, 그 어떤 것도 시간의 진실만은 피해 갈 수 없다. 시간의 "거기"(「땅, 늘 거기」 중) 어디쯤에 실존이 있고 세계가 있다. 흐른다. 흐르고 또 흘러 흔적으로 남고 역사로 남는다. 서정이 매개된다. 실존에 관한 울림도, 세계에 관한 시선도 서정이라는 여울이 만들어 내는 존재의 울림이다. "사람들이 물"처럼 왔다 썰물처럼 사라져 소멸한다. "천 년"의 "물길"이 열리고 또 "만 년"의 시간이 유유히 흐른다. 지속이다. 의식이 지속하고 공간도 수많은 변화 속에 지속한다. 물론 그 지속 내부를 가득 채우고 있는 것이 인간학적 표정들이기는 하지만, 기실 시인에게 실존은 시간의 흐름이 만든 주름에 다름 아니다. "임"에 대한 그리움이 흐르고 "정분"이 쌓여 "마을"이라는 인륜적 공간이 생성된다. 서정은 생성하는 힘이다. 서정은 존재의 역사 밑으로 흐르는 감성의 원류이다. 서정은 생활 세계가 점점이 박혀 있는 "퉁점"이고 "느르재 너머"로 휘어진 사랑의 "광맥"이다.

재차 주름지고 생에의 흔적들이 아롱진다. "거울의 문"(「문 여는 날」 중)이 닫히고 "은신의 숲"(「'쥐, 파리 잡이 본드' 뒷이야기」 중)으로 사라져 모든 것이 미지의 공간으로 함몰하게 된다. 마치 서정의 여율이 늘 일정하게 탄주되지 않는 것처럼, 실존도 시간이라는 "도깨비" "방망이"(「신화神火」 중) 앞에 사그라져 시간의 바깥에 위치하게 된다. "꿈속의 길"(「오르는 물」 중)이 아슴푸레하고 "하늘로 가는 길목"은 꽉 막혀 질식할 것 같다. 흐름이 막히고 주름이 접힌다. 물론 주름 사이사이에 죽음이라는 단층지대가 내밀하게 숨어 있기는 하지만, 우리는 늘 "우화"의 상승만을 꿈꾸게 된다. 모든 것이 "시시각각" 변한다. 불현듯 "갑자기" 이 세계가 미지의 덫으로 둘러쳐져 있다고 느끼게 된다. 생에의 감각은, 실존에 관한 의식은 덧없고 허망한 존재의 감각으로 변이된다.

어쩌면 시인 최석균이 펼쳐 냈던 그 모든 서정의 감각

은 "집"이라는 공간에서 시작해서 집으로 재귀하는 생명의 노래인지도 모른다. 이 세계 도처에 "가느다란 생명들 바글바글"(「목어 소리」 중)거린다. 점점 "몸"은 "작아"(「手談 18 공배空排」 중)지고, 서정의 여율은 "보얀 가슴"(「붉은 낮달」 중)만을 "사리"(「手談 4 운석運石」 중)로 만든다. 비록 최석균 시인이 전개한 시말 운동의 전모가 "여린 날개의 꿈"에 관한 존재의 여율을 여여하게 노래하고 있기는 하지만, 생명의 여율은 죽음의 여율로 변주되어 "빛과 소리"로 탄화된다. 모든 것은 "이등분 사등분"으로 갈라지고 파열하여 끝내는 죽음의 흔적으로 해체된다. 서정의 주름이 "상처"로 "옹이" 지고 또 "주름살"진 생에의 "나이테"가 "하얀 생살"처럼 매만져진다. 알싸하고 아프다. 시인에게 서정은 실존의 선율 위를 질주하는 "눈물 속의 눈빛"이자, 생의 열도로 가득 찬 "불씨의 화염"이다.

늘 다니던 길도
캄캄할 때가 있습니다
눈 크게 떠 봐도 안 보여서
비운다고 비운 것이
더 깊이 파고들 때가 있습니다
다달이 마음 벼릴수록
그대에게 가는 길 어두워지고
그길로 잊었으면 좋겠는데요

잊을 만하면 솟구치는 마음
모난 속 다 내보이고 맙니다
파도 같은 나날 세웠다 무뎠다
녹슬어 삭을 만한데
밀물처럼 달아오른 마음
담금질할수록 깊이 박히는 환한 아픔
그대 맞을까 봐
뽑아서 던지지를 못합니다

—「매월每月」 전문

최석균 시인의 금번 상재한 『수담手談』은 작은 일상 속에 벌어진 세세한 사건들을 시말 속에 응고시킨 따스한 "마음"의 전언이라 하겠다. 때론 "동행들의 말"에 귀 기울이면서 때론 "바람의 몸"(「굴밤, 꿀밤」 중)에 스스로를 맡기면서, 시인은 "태양의 문자"(「흐르는 그늘」 중)와 같은 열렬한 생에의 열도를 입체적으로 부조시키고 있다. 생이 파열하고 해체되는 바로 그 자리에 처절한 실존의 감각이 존재하고 숭고한 서정의 여율 또한 선명하게 파동치고 있다. 시 「매월每月」은 금번 작품집의 프롤로그이자 에필로그로 재귀하는 소중한 작품인데, 그것은 서정의 존재론적 위치를 정확하게 지시했을 뿐만 아니라, 시가 궁극적으로 지향해야 할 가치를 총체적으로 드러내 보여 준 점에서 그러하다.

시말의 한 축이 아름답고 숭고한 여여의 여율로 휘어

져 있다면, 그것의 다른 한 축은 실존이 처한 존재론적 비애를 포월의 정신성으로 고양시키고 있다. 따스한 마음이 투명하게 내비친다. 최석균 시인에게 서정은 실존이 직면한 생에의 감각이자, 마음속에 돋을새김한 상처를 "환한 아픔"으로 치환시키는 상생의 리듬이다. 마음을 가다듬고 비운다. "길"은 어두워지고 암울해진다. "늘 다니던 길"이 암운에 휩싸인다. "그대"에게 가 닿을 방법이 없다. 점점 마음은 벼려져 "모"가 나고 달아오른다. 도대체 우리는 이 험난한 세상을 어떠한 마음으로 살아가야 하는가?

최석균의 「매월每月」이 소중하고 값진 것은 그것이 차마 하지 못하는 불인지심不忍之心을 시말 속에 응고시켰기 때문이다. 서정은 드러난 마음이고, 타자에게로 향하는 불인지심이다. 서정은 어둠 속에 피어난 밝음에의 의지이자 나의 심연에 자리한 타자의 마음이다. 혼융이 일어난다. 나는 너고 너는 나였다가 마침내 우리로 승화된다. 설령 시인의 그것이 그대에게 가는 길에 수많은 장벽이 존재하고 있다고 느껴지기는 하지만, 최석균이 지향하는 서정의 길은 너라는 실존을 포월하는 '우리' 의식이라 하겠다. 차마 벼려진 마음의 칼을 그대를 향해 던질 수 없다. 그저 담담하게 자신에게 주어진 어두운 "길"을 묵묵히 걸어가 스스로를 좌망할 따름이다.